Analyse de l'œuvre

Par Benjamin Taylor

Hommage à la Catalogne

George Orwell

lePetitLittéraire.fr

Analyse de l'œuvre

Par Benjamin Taylor

Hommage à la Catalogne

George Orwell

lePetitLittéraire.fr

Rendez-vous sur lepetitlitteraire.fr et découvrez :

Plus de 1200 analyses
Claires et synthétiques
Téléchargeables en 30 secondes
À imprimer chez soi

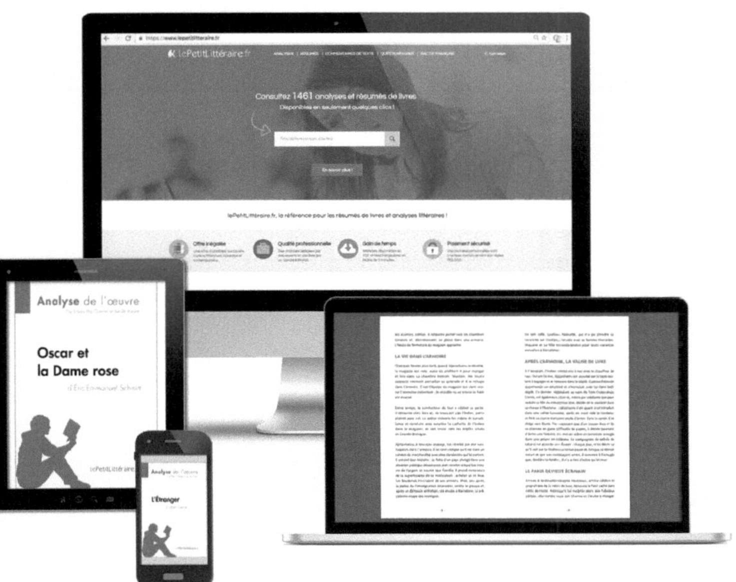

GEORGE ORWELL

ROMANCIER ET JOURNALISTE ANGLAIS

- **Né à Motihari (Inde) en 1903.**
- **Décédé à Londres en 1950.**
- **Travaux notables :**
  - *The Road to Wigan Pier* (1937), récit autobiographique
  - *La Ferme des animaux* (1945), roman
  - *1984* (1949), roman

George Orwell est le nom de plume d'Eric Blair, l'un des écrivains les plus connus et les plus appréciés du XXe siècle, dont les romans et les essais sont cités dans le monde entier. Il naît dans une famille de la classe moyenne supérieure, mais pas riche, et obtient une bourse d'études à Eton en 1917. À sa sortie de l'école, il rejoint la police impériale en Birmanie et y reste jusqu'en 1927, lorsqu'il se lasse de soutenir le régime colonial oppressif. De retour en Angleterre, il se met à écrire une série de romans de fiction et de non-fiction, ainsi que des articles de journalisme, dont beaucoup contiennent une critique sociale et un soutien au socialisme démocratique. En 1936, il se rend en Espagne pour combattre les forces fascistes de Franco lors de la guerre civile espagnole. Il est blessé et relate son séjour en Espagne et l'atmosphère politique qui y régnait dans *Hommage à la Catalogne*. Pendant la Seconde Guerre mondiale, il travaille pour la BBC et commence à écrire *La Ferme des animaux*, un roman allégorique explorant les distorsions de la révolution russe. Il termine son dernier roman, *1984*, peu de temps avant sa mort de la tuberculose en 1950. Bien qu'il s'agisse d'une figure insaisissable et presque mythique de l'histoire littéraire anglaise, Orwell laisse un héritage de mise en lumière de l'injustice sociale et de lutte contre l'oppression qui a inspiré des millions de personnes dans le monde.

HOMMAGE À LA CATALOGNE

LA LUTTE CONTRE LE FASCISME

- **Genre :** récit autobiographique
- **Edition de référence :** Orwell, G. (2000) *Hommage à la Catalogne.* Londres : Penguin Books Ltd.
- **1ère édition :** 1938
- **Thèmes :** guerre, classe, révolution, socialisme, fascisme, Espagne, journalisme, oppression, propagande

Hommage à la Catalogne est le récit de l'expérience d'Orwell dans la guerre civile espagnole (1936-39), où il combat pour le gouvernement républicain espagnol contre les nationalistes du général Franco et leurs alliés fascistes étrangers. Orwell se rend en Espagne à la fin de 1936 avec des milliers d'autres volontaires étrangers dans le but de lutter contre la montée du fascisme en Europe. Pendant son séjour en Espagne, il assiste à la révolution, prend part aux combats des Jours de Mai et est gravement blessé après avoir été abattu par un sniper nationaliste. À son retour en Angleterre, Orwell produit une grande quantité de journalisme politique lié à la guerre, et *Homage to Catalonia* est publié en avril 1938. Le livre reçoit des critiques mitigées, certains commentateurs critiquant ce qu'ils perçoivent comme un manque de compréhension de la part d'Orwell des événements politiques plus larges et de l'histoire espagnole. Il est cependant considéré depuis comme une œuvre importante de la littérature de guerre, et sa démonstration de la volonté d'Orwell de se mettre en danger pour défendre ses convictions a contribué à la création de l'image que nous avons de lui aujourd'hui.

RÉSUMÉ

BARCELONE

Orwell se rend à Barcelone en décembre 1936, alors que les anarchistes du parti CNT contrôlent encore la Catalogne et que la révolution bat son plein. La ville semble être contrôlée par la classe ouvrière et est couverte de symboles de la révolution et du collectivisme. Il rejoint la milice du POUM (parti communiste marxiste) et s'entraîne avec elle à la caserne Lénine. Il décrit la nature disparate de leur équipement et de leur entraînement, ainsi que la manière dont l'abolition des classes sociales rend difficile le maintien d'une armée correctement ordonnée. Orwell réfléchit aux Espagnols qui l'entourent, et à la façon dont ils sont merveilleusement gentils et accueillants, et pourtant exaspérants dans une même mesure. Il évoque leur mauvaise gestion du temps et leur manque de fiabilité, qu'il maudit lorsqu'il est appelé au front avec un préavis de deux heures seulement.

LE FRONT

Ils se dirigent vers le front et Orwell est consterné de découvrir que leurs tranchées se trouvent à des centaines de mètres de celles des fascistes, trop loin pour pouvoir engager correctement le combat. Orwell décrit l'ennui et le désagrément de la guerre de tranchées, ainsi que les troupes de mauvaise qualité et inexpérimentées qui l'entourent. Il affirme rétrospectivement qu'elles étaient principalement là pour tenir la ligne, les combats s'étant momentanément taris en raison d'un manque de troupes et d'équipement des deux côtés. Au lieu de cela, Orwell et les autres hommes s'occupent à trouver du bois de chauffage et à apprendre à utiliser leurs armes dangereusement dépassées.

Après quelques semaines, Orwell est déplacé vers une nouvelle position militaire à proximité avec une escouade d'autres soldats volontaires anglais. Là non plus, il ne se passe pas grand-chose et il décrit comment, en raison de la faible possibilité de tirer sur quelqu'un, les deux camps utilisent des mégaphones pour essayer de convertir l'autre avec de la propagande. Une nuit, les fascistes attaquent leur position, mais sans véritable intention, tirant pour célébrer la prise de Malaga par les fascistes. Orwell note que les reportages ultérieurs sur l'attaque sont très exagérés. Son escouade est à nouveau déplacée et il continue à décrire les conditions de vie horribles, la vermine et la pénurie de fournitures essentielles, notamment le tabac, les vêtements et les bottes. Un jour, une blessure à la main s'infecte et il doit être hospitalisé pendant dix jours. Pendant son séjour à l'hôpital, il décrit une partie de la campagne et l'amabilité des paysans espagnols en train de faire la récolte du printemps.

L'ATTAQUE

À son retour au front, et après une tentative ratée de faire avancer les lignes de la milice, une attaque nocturne sur la ligne fasciste est proposée et Orwell se porte volontaire avec une trentaine d'autres personnes. La nuit de l'attaque, ils parviennent à passer inaperçus devant les barbelés fascistes, mais sont soudainement pris pour cible depuis un parapet. Ils parviennent à s'emparer du parapet et à le tenir, mais on leur ordonne de battre en retraite lorsque les forces fascistes se regroupent. Nous sommes en avril 1937, et Orwell est envoyé en permission à Barcelone. Il réfléchit à son expérience du front et à la véritable atmosphère de camaraderie et d'égalité socialiste qu'il a ressentie.

RETOUR À BARCELONE

Orwell est consterné de constater que tout sentiment révolutionnaire a disparu de Barcelone et que les structures de classe ont été réaffirmées. Les gens sont fatigués de la guerre, ainsi que des pénuries d'approvisionnement qu'elle provoque. Orwell remarque également la propagande du gouvernement communiste contre la milice du POUM et en faveur de l'Armée populaire, la force du gouvernement central composée principalement de conscrits. Orwell envisage de passer du POUM à la milice anarchiste (CNT) ou à la Colonne internationale pour se rapprocher du front, mais il repousse cette idée afin de recouvrer la santé. Il remarque de dangereuses tensions politiques à Barcelone, entre ceux qui veulent que la révolution aille de l'avant et ceux qui veulent l'arrêter. Très vite, des luttes intestines commencent entre la police du gouvernement communiste (les gardes d'assaut) et la CNT anarchiste. Orwell se rend au siège du POUM, qui s'est rangé du côté de la CNT, et attend avec beaucoup d'autres qu'on lui dise quoi faire.

Il est chargé de garder le bâtiment et décrit brièvement la nature confuse et inutile des combats qui se déroulent sporadiquement dans toute la ville de Barcelone en mai 1937. Il compare les communiqués « officiels » sur les combats qui ont été publiés plus tard à la réalité, qui est beaucoup moins dramatique. Les combats finissent par cesser, le gouvernement et ses gardes d'assaut l'emportant. Le gouvernement républicain fait venir des renforts avec des armes soviétiques et commence à dominer la région, désarmant la CNT et rejetant faussement toute la responsabilité de l'affaire sur le POUM. L'ami d'Orwell lui demande s'il veut rejoindre les Brigades internationales, mais il est tellement désabusé qu'il refuse de rejoindre tout groupe contrôlé par les communistes, ayant vu l'oppression et la violence contre les Espagnols de la classe ouvrière perpétrées par le gouvernement communiste pendant les combats.

BLESSÉ

Peu après son retour sur le front, Orwell est touché d'une balle dans le cou par un tireur d'élite fasciste. Il décrit la sensation d'être abattu et le processus de transport des soldats blessés à l'hôpital. Il décrit brièvement son séjour dans un hôpital de Lerida et les déficiences qu'il constate dans le système hospitalier espagnol. Il est transféré dans un autre hôpital, où il commence à retrouver un peu de ses forces. Sa blessure est examinée, et les médecins lui disent que la balle a été à quelques millimètres de le tuer.

Orwell retourne à Barcelone et décrit la situation qui y règne sous le gouvernement communiste. Celui-ci opprime et censure les autres partis politiques et la police parcourt la ville, jetant les gens en prison avec zèle pour des raisons fallacieuses. Orwell décrit un sentiment de peur et de secret parmi les Barcelonais et est contraint de se cacher lorsque le POUM, dont il fait partie de la milice, est mis hors la loi par le gouvernement et que nombre de ses membres sont jetés en prison ou fusillés. Le gouvernement communiste justifie faussement son attaque contre le POUM en l'accusant d'être fasciste. Orwell prépare son retour en Angleterre mais, en attendant, il doit dormir dans la rue.

Lui et sa femme se rendent au consulat britannique pour tenter de trouver un moyen de rentrer en Angleterre, la mort et l'emprisonnement de plusieurs de leurs amis les obligeant à partir en secret. Ils parviennent finalement à obtenir les documents requis et à se faufiler hors d'Espagne et en France, évitant de justesse d'être capturés. Il réfléchit à son séjour en Espagne et met en garde contre la partialité et l'inexactitude de son reportage. Orwell et sa femme traversent la France et rentrent en Angleterre, et il termine son livre en mettant en garde le peuple britannique contre la complaisance face à la menace imminente de la guerre.

ANNEXES

Afin de donner un compte rendu aussi clair que possible de la guerre, Orwell décrit brièvement la composition générale et la composition idéologique des principaux partis politiques qu'il a rencontrés en Catalogne, ainsi que la manière dont le parti communiste PSUC a pris le contrôle du gouvernement et supprimé ses opposants. Il résume les motifs et les influences du gouvernement dominé par les communistes et la manière dont ils ont conduit à leurs actions, en supprimant la révolution dans le but apparent de donner la priorité à la victoire contre Franco.

Orwell tente ensuite de dissiper certains des mythes perpétués par la propagande et le journalisme largement falsifié sur les combats des Jours de Mai à Barcelone, auxquels il a participé. Il décrit les événements tels qu'il les a compris (les communistes s'emparant du central téléphonique et réprimant le POUM) et donne des exemples de la propagande communiste qui a déformé la vérité sur les combats, ainsi que les rôles et les motivations des combattants du POUM, de la CNT et des communistes.

CONTEXTE

CONTEXTE HISTORIQUE

Hommage à la Catalogne se déroule à une époque turbulente de l'histoire mondiale. La guerre civile espagnole a été un précurseur de la Seconde Guerre mondiale (1939-45) qui a déchiré l'Europe, l'Asie et l'Afrique après l'invasion de la Pologne par les nazis en 1939. En effet, elle est souvent considérée comme une guerre par procuration, le gouvernement républicain espagnol étant soutenu par l'URSS, et le général Franco, chef des nationalistes espagnols, soutenu par les puissances fascistes et décrit par Orwell comme «la marionnette de l'Italie et de l'Allemagne» (p. 133). L'Allemagne a notamment testé des armes, des avions et des techniques militaires telles que la Blitzkrieg pendant la guerre civile espagnole, en vue de leur utilisation plus large pendant la Seconde Guerre mondiale. Tout au long des années 1930, Hitler et les nazis ont construit un pouvoir important en Allemagne, éliminant les opposants et incitant à la haine raciale et à la doctrine impérialiste. Mussolini était également dominant dans l'Italie fasciste. En Asie, la deuxième guerre sino-japonaise (1937-1945) entre dans sa phase initiale après des décennies de politique impérialiste japonaise. La pression politique et économique s'intensifie en vue d'un conflit mondial comme le monde n'en a jamais connu, et les prédictions et les avertissements concernant la Seconde Guerre mondiale se retrouvent tout au long d'*Homage to Catalonia*, y compris la dernière phrase d'Orwell, qui prévient que la population de l'Angleterre, plongée dans un profond sommeil, « sera secouée par le grondement des bombes » (p. 187).

LA PENSÉE POLITIQUE

Derrière les mouvements de ces grandes puissances, les années 1930 ont été une période de pensée politique radicale et contrastée dans le monde. Les idéologies politiques dominantes étaient le fascisme, communément associé à des gouvernements militaristes autoritaires, au nationalisme et à un dédain pour la démocratie électorale, et le socialisme, qui prône la propriété commune des biens et des ressources, ainsi que l'égalitarisme économique. La nature globale de la lutte entre ces deux idéologies, en tant qu'alternatives à d'autres formes courantes de gouvernement comme le capitalisme et le féodalisme, est reconnue par Orwell tout au long d'*Hommage à la Catalogne :* « En tant que milicien, on était un soldat contre Franco, mais on était aussi un pion dans une énorme lutte qui se déroulait entre deux théories politiques » (p. 189). L'orientation idéologique des deux camps dans la guerre civile espagnole a fait du conflit un microcosme des événements mondiaux, attirant l'attention de beaucoup, y compris Orwell : « Voici enfin, apparemment, la démocratie qui s'oppose au fascisme » (*ibid.*).

Le tumulte des pensées politiques conflictuelles dans le monde se reflète également dans le journalisme de l'époque, dont Orwell souligne et critique constamment l'inexactitude. La véracité de certains détails concernant les actions des deux camps pendant la guerre civile espagnole est notoirement difficile à établir, car les reportages en Espagne, en Grande-Bretagne, en France et ailleurs étaient façonnés par l'agenda politique dominant du pays en question. Par exemple, Orwell affirme que les informations étrangères antifascistes de pays comme le Royaume-Uni ont délibérément ignoré les rapports sur la révolution en Espagne (« la question avait été réduite au fascisme contre la démocratie », p. 192) en raison d'une opposition générale à l'idée de révolution espagnole.

LA GUERRE CIVILE ESPAGNOLE

À la suite de troubles généralisés en Espagne dans les années 1920 et 1930, en partie causés par les effets négatifs de la Grande Dépression, le peuple espagnol a déposé la monarchie et élu un gouvernement républicain de gauche en 1936. En réponse, le général Franco, soutenu par des groupes conservateurs et des alliés fascistes étrangers, a organisé un coup d'État infructueux, dont le contrecoup a déclenché la guerre civile espagnole entre les nationalistes de Franco et le gouvernement républicain, ainsi que des partis politiques alliés, tels que les anarchistes (CNT), le POUM (un parti communiste marxiste dans la milice duquel Orwell a combattu) et les Brigades internationales (une collection de volontaires étrangers, principalement communistes, venus du monde entier). Une grande partie du territoire républicain de Catalogne et d'Aragon étant dominée par les anarchistes, la guerre civile a également déclenché une révolution sociale impliquant la collectivisation des terres et des tentatives d'abolition des classes sociales dans certaines régions, comme le documente Orwell à son arrivée à Barcelone : « Ce qui s'est passé en Espagne n'était, en fait, pas simplement une guerre civile, mais le début d'une révolution » (p. 190).

Cette révolution a toutefois été de courte durée, en grande partie à cause de querelles politiques complexes et inutiles entre les groupes associés au gouvernement républicain :

> *« D'un côté, la CNT-FAI, le POUM et une partie des socialistes, pour le contrôle ouvrier ; de l'autre, les socialistes de droite, les libéraux et les communistes, pour un gouvernement centralisé et une armée militarisée »* (p. 205).

Après les combats des May Days à Barcelone (décrits en détail par Orwell dans *Homage to Catalonia*), le Parti socialiste espagnol (PSUC), dirigé par les communistes et soutenu par l'URSS de Staline, domine le gouvernement républicain. Ils étaient antirévolutionnaires et rétablissaient les droits de propriété et les distinctions de classe qui semblaient avoir disparu dans certaines parties de l'Espagne républicaine pendant la révolution. Ils voulaient plutôt se concentrer sur la victoire de la guerre contre Franco. Mais ils n'y parviennent pas et, en mars 1939, le gouvernement républicain s'enfuit en France tandis que les nationalistes de Franco prennent Madrid, marquant le début d'une dictature qui durera trois décennies et demie, jusqu'à la mort de Franco en novembre 1975.

ANALYSE

RÉVOLUTION

Lorsqu'Orwell arrive à Barcelone, il est surpris par le sentiment de révolution et de changement social qu'il ressent, une atmosphère qui s'intensifie lorsqu'il se rend au front, parmi les soldats de la classe ouvrière qui se battent pour un objectif commun : « On avait été dans une communauté où l'espoir était plus courant que l'apathie ou le cynisme, où le mot "camarade" était synonyme de camaraderie, et non, comme dans la plupart des pays, d'humbug » (p. 83). Au début du livre, il décrit Barcelone comme « une ville dans laquelle les classes aisées ont pratiquement cessé d'exister » (p. 3), où la classe ouvrière est aux commandes et où l'on peut trouver des symboles de la révolution dans chaque vitrine. Cependant, à mesure que la guerre se poursuit, en raison des actions illégales et répressives du PSUC, l'atmosphère de révolution disparaît, et le livre devient une documentation sur la désillusion associée à la corruption de la révolution sociale. Orwell dit de ceux qui se battent encore au front : « Ils croyaient se battre pour le contrôle de la classe ouvrière. Mais il devenait de plus en plus évident que le contrôle de la classe ouvrière était une cause perdue » (p. 90).

L'atmosphère de révolution et ce qu'il perçoit comme une société sans classes, aussi brève soit-elle, ont toujours un effet profond sur Orwell qui, comme on peut le voir dans ses précédents ouvrages de documentaire social *Down and Out in Paris and London* (1933) et *The Road to Wigan*

Pier (1937), avait passé une grande partie de sa vie d'adulte à tenter de se séparer des différences et des préjugés associés au fait de grandir dans le système de classes britannique. D.J. Taylor, le biographe d'Orwell, décrit son séjour en Espagne comme « l'expérience déterminante de sa vie... Elle lui a donné le sens de ce qu'il attendait de la vie et des objectifs qu'il souhaitait atteindre » (2003 : 201). Cela se reflète dans les révélations d'Orwell sur sa perception de la Catalogne au plus fort de la révolution sociale, la reconnaissant « immédiatement comme un état de choses pour lequel il valait la peine de se battre » (p. 3).

L'EXPÉRIENCE DE LA GUERRE

Orwell est souvent loué pour la manière viscérale et puissante dont il parvient à décrire des situations sociales sordides et souvent non documentées, comme les bidonvilles de Paris dans *Down and Out in Paris and London*, ou les logements sociaux épouvantables dans *The Road to Wigan Pier*. Il en va de même pour sa description crue de la vie quotidienne d'un soldat pendant la guerre civile espagnole, Julian Symons affirmant dans l'introduction de l'édition Penguin Classics de *Homage to Catalonia* que « personne n'a décrit l'expérience de ce type de guerre... mieux qu'il ne l'a fait ici » (p. VII). En décrivant son expérience personnelle aussi franchement que possible, Orwell démystifie bon nombre des idées fausses, héroïques et stimulantes, sur ce type de guerre idéologique, et révèle au contraire que la vie d'un soldat est surtout banale et physiquement inconfortable, avec de temps à autre des bouffées de peur et d'action intenses. En raison de l'éloignement des tranchées, le combat lui-même est rare dans le livre : « Personne ne s'est jamais soucié de l'ennemi. Ils n'étaient que de lointains insectes noirs que l'on voyait occasionnellement sautiller dans tous les sens. La véritable préoccupation des deux armées était d'essayer de se réchauffer » (p. 22).

Comme le soldat moyen, Orwell se préoccupe davantage de son bien-être physique immédiat et de ses conditions de vie et de travail que des implications plus larges de la guerre, qu'il décrit à son arrivée au front comme « des projectiles rugissants, des éclats d'acier sautillants ; par-dessus tout, c'était la boue, les poux, la faim et le froid » (p. 18). Malgré ce point de vue, et la nature parfois insignifiante de sa carrière militaire, les expériences d'Orwell fournissent un compte rendu captivant des conditions et de l'atmosphère de la guerre, et le danger et la douleur évidents qu'il endure pour défendre ses convictions politiques ne font qu'ajouter à la qualité mythique du personnage d'Orwell.

VÉRITÉ OBJECTIVE

Comme dans nombre de ses œuvres, Orwell s'efforce dans *Hommage à la Catalogne* de trouver une vérité impartiale du mieux qu'il peut. Cette mission est particulièrement importante dans le contexte de la guerre civile espagnole, dont la vérité était difficile à déchiffrer en raison des interprétations extrêmement divergentes des événements par la presse et les propagandistes qui en rendaient compte. Orwell remet souvent en question les nouvelles nationales et étrangères qu'il lit, qui ne correspondent pas à ce qu'il a vécu. Après les combats des May Days par exemple, il affirme que : « les récits des combats étaient non seulement violemment partisans, mais, bien sûr, sauvagement inexacts » (p. 127). La propagande qui tentait de déformer les événements de la guerre et les actions de ses combattants était de plus en plus forte, tant en Espagne que dans la presse étrangère, ce qui, selon Orwell, est naturel dans une guerre : « des choses telles que la liberté et la vérité de la presse ne sont tout simplement pas compatibles avec l'efficacité militaire » (p. 132). En effet, l'expérience d'Orwell en Espagne, où des mensonges abjects étaient largement passés pour des vérités, est souvent citée comme une influence sur ses œuvres ultérieures, comme *1984*, qui explore un régime autoritaire dominé par la propagande.

Dans *Hommage à la Catalogne*, Orwell tente donc d'utiliser ce qu'il a vécu pour exprimer la vérité objective de ce qui s'est passé pendant certaines périodes de la guerre civile espagnole, même s'il nous rappelle souvent qu'il n'est pas totalement exempt de préjugés personnels et qu'il est probablement impossible d'obtenir un récit totalement objectif et véridique d'une chose aussi chaotique qu'une guerre : « Méfiez-vous de mon esprit de parti, de mes erreurs de fait et de la distorsion inévitablement causée par le fait que je n'ai vu qu'un seul angle des événements. Et croyez exactement la même chose lorsque vous lisez n'importe quel autre livre sur cette période de la guerre civile espagnole » (p. 186). En effet, les critiques de son œuvre ont noté qu'Orwell est arrivé à Barcelone en 1936 en sachant peu de choses sur la politique espagnole, mais plutôt avec le vague sentiment de combattre le fascisme et de faire un peu de journalisme. *Hommage à la Catalogne* doit donc être considéré comme la documentation des expériences d'Orwell, replacées dans la perspective d'événements plus larges, et non comme un compte rendu définitif du déroulement de la guerre.

CULTURE ESPAGNOLE

Pendant son séjour en Espagne, Orwell est souvent déconcerté et surpris par la dignité et la chaleur avec lesquelles il est accueilli par les Espagnols qu'il rencontre. Comme l'affirme D.J. Taylor, biographe d'Orwell, dans *Orwell : The Life*, « entre autres choses, *Homage to Catalonia* est une étude du tempérament espagnol » (p. 207), et il est vrai qu'au-delà d'une documentation sur la guerre, le livre, peut-être par hasard, explore en profondeur la culture de l'Espagne et de son peuple. Tout au long de l'ouvrage, nous avons un aperçu de l'expérience d'Orwell avec les Espagnols, qu'il décrit comme étant à la fois gentils et accueillants, mais aussi d'une inexactitude exaspérante. Le thème récurrent est l'idée espagnole de « mañana », qui signifie « demain », un report indéterminé des choses : « Leur inefficacité, et surtout leur imprévisibilité exaspérante » (p. 11). Ce trait de caractère est en contradiction avec l'éducation culturelle d'Orwell, l'obsession aristocratique anglaise pour l'ordre et la ponctualité l'amenant à être très frustré par le système ferroviaire espagnol, par exemple, car les trains partent parfois des heures avant ou après l'heure prévue, selon le caprice du conducteur. Malgré cela,

Orwell trouve les Espagnols qu'il rencontre tout à fait bons et généreux, avec une « décence innée et une teinte anarchique toujours présente » (p. 84). Cela peut être démontré par un incident, lorsque deux adolescents qui ont servi avec Orwell dans la milice du POUM tombent sur lui en convalescence à l'hôpital. Ils lui font cadeau de tous les bouts de tabac qu'ils ont et s'enfuient avant qu'il ne puisse refuser, ce qui l'amène à s'exclamer « comme c'est typiquement espagnol ! » (p. 141).

POURSUITE DE LA RÉFLEXION

QUELQUES QUESTIONS À MÉDITER...

- Discutez de l'expérience d'Orwell dans la guerre des tranchées. Est-ce qu'elle correspond à ce qu'il attendait ? Pourquoi aurait-il pu s'attendre à quelque chose de différent ?
- Expliquez comment la révolution en Catalogne a affecté les personnes qui y ont participé. Comment a-t-elle changé l'atmosphère à Barcelone, par exemple ?
- Que pouvaient penser les Espagnols de la classe ouvrière d'Orwell et d'autres étrangers libéraux ?
- Les arguments en faveur du socialisme sont-ils convaincants ? Comment la révolution sociale pourrait-elle changer la société pour le meilleur et pour le pire ?
- Nous entendons très peu parler des nationalistes, dont beaucoup ont été enrôlés contre leur gré. Orwell aurait-il dû essayer d'entrer en contact avec l'ennemi pour avoir une perspective plus large du conflit ?
- Comment Orwell a-t-il pu être partial dans sa documentation sur son séjour en Espagne ? Ce parti pris rend-il *Homage to Catalonia* moins important ?
- Comment les expériences vécues par Orwell dans ce livre auraient-elles influencé ses travaux ultérieurs ? En particulier, comment ses romans *La Ferme des animaux* et *1984* ont-ils été façonnés par la guerre civile espagnole ?

- Comparez *Hommage à la Catalogne* aux autres ouvrages de documentation sociale d'Orwell, tels que *La route de Wigan Pier* et *Down and Out in Paris and London*. Explore-t-il des thèmes similaires dans l'un ou l'autre de ces ouvrages ?

AUTRES LECTURES

EDITION DE RÉFÉRENCE

- Orwell, G. (2000) *Hommage à la Catalogne.* Londres : Penguin Books Ltd.

ÉTUDES DE RÉFÉRENCE

- Taylor, D.J. (2003) *Orwell : The Life.* Londres : Chatto & Windus.

Votre avis nous intéresse !
Laissez un commentaire sur le site de votre librairie en ligne
et partagez vos coups de cœur sur les réseaux sociaux !

lePetitLittéraire.fr

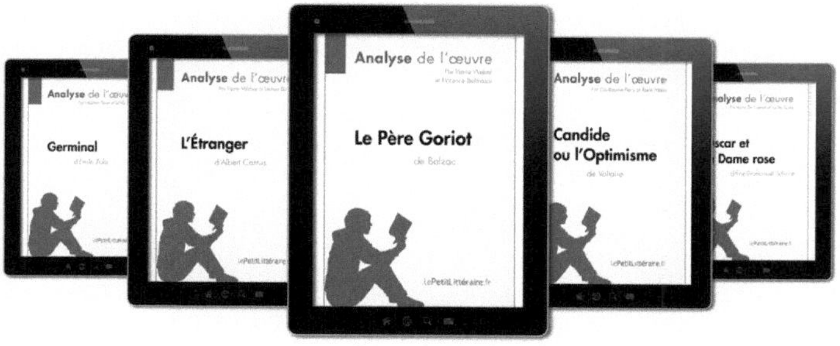

- des analyses de livres
- des fiches de lectures
- des commentaires littéraires
- des questionnaires de lecture
- des résumés

Retrouvez
notre offre complète sur
lePetitLittéraire.fr

L'éditeur veille à la fiabilité des informations publiées, lesquelles ne pourraient toutefois engager sa responsabilité.

© LePetitLittéraire.fr, 2023. Tous droits réservés

www.lepetitlitteraire.fr

ISBN version numérique : 9782808684699
ISBN version papier : 9782808685498
Dépôt légal : D/2023/12603/1049

Conception numérique : Primento,
le partenaire numérique des éditeurs.